阅读即行动

空 事 情

葭苇

北京联合出版公司

图书在版编目(CIP)数据

空事情 / 葭苇著. — 北京：北京联合出版公司，2023.7(2024.6重印)
ISBN 978-7-5596-6597-3

Ⅰ.①空… Ⅱ.①葭… Ⅲ.①诗集－中国－当代 Ⅳ.①I227

中国国家版本馆CIP数据核字(2023)第014298号

空事情

著　　者：葭　苇
出 品 人：赵红仕
出版统筹：杨全强　杨芳州
责任编辑：管　文
封面设计：曹　祎

北京联合出版公司出版
(北京市西城区德外大街83号楼9层　100088)
北京联合天畅文化传播公司发行
北京启航东方印刷有限公司印刷　新华书店经销
字数90千字　1092毫米×870毫米　1/32　5.75印张
2023年7月第1版　2024年6月第3次印刷
ISBN 978-7-5596-6597-3
定价：58.00元

版权所有，侵权必究
未经书面许可，不得以任何方式转载、复制、翻印本书部分或全部内容
本书若有质量问题，请与本公司图书销售中心联系调换。
电话：010－64258472－800

目录

辑一 世上的我

世上的我……3

我爱你……4

借一江……5

拉维尼山谷……7

音阶练习……9

洛浦雨前……11

海心沙……12

扁形鱼……14

所是……16

冬日书……17

画廊主人……18

对镜……19

勺园晚餐……20

雨……22

捞刀河上……23

沙岛……24

一双手……25

泛舟一日……27

辑二　空事情

一个定义......*31*

空事情......*32*

寄黎士多......*33*

无凭语......*36*

雨笺......*38*

猫儿跳舞......*40*

异域情调论......*42*

出路......*43*

临终医院......*45*

"新娘"......*47*

春，荷，海......*49*

在风里......*50*

琴童......*51*

海沉木之身......*52*

雨林......*54*

赤脚医生......*56*

冰糖......*58*

小奏鸣曲......*60*

请柬......*62*

体认爱的时刻......*65*

辑三　母亲河

回家日……69

劳动节 2020……71

博物馆……74

野渡……76

喜悦的海……78

火柴……80

湄公河号子……82

夏日……84

手术室外……86

苹果林……88

玻璃弹珠少年……90

迷园……92

告别的书写……94

火柴花园……96

家宴……97

母亲河……99

圣诞夜……101

辑四　云中谁寄

豢猫人......105

云中谁寄......107

5月18日......109

味道勇士......110

立秋......112

禁令......113

诚实的雨......115

词诱......117

醒不来......118

偏方......120

地铁与春天......122

小小火车......124

震中......126

忠告已经生效......128

听泪......130

在愚人节......132

慕尼黑来电......134

梅的雨......136

新生......138

辑五　昆明酒馆

昆明酒馆……*143*

毒……*145*

橘肉……*147*

荔枝……*149*

人儿她……*151*

单行道……*152*

危险的裁缝……*153*

罐头……*154*

日常排列……*155*

偷花贼……*156*

内江消息……*158*

解：……*160*

雪下满的时候……*162*

近景中……*163*

坏小孩……*164*

红鳟鱼……*166*

立冬后七日……*168*

六月果实……*169*

和你散步在动物园……*171*

冬鸟……*173*

辑一 世上的我

世上的我

没有人离我像你那样远，
当春天轻燃的暖意抵达高原。
你所在的此地，并不因距离
而被归为北方。我是说，
某一刻，所有出场
而安静下来的羊群，
使得一切可涉：哈兰，云眼，
情人的哗变。情人的手
再柔软一些，云中就诞生
另一只羔羊。春天的聘礼下达前，
桃树已结出恬然的新娘，不及满山，
但也不会有人笑话她生得瘦。

我爱你

从你的唇,抵达我的唇
除了口型,它还拿走了我的什么?

手因赤裸而流汗
它扛过面粉袋,掂量过几枚小钱

如今,它张开
把微烫的舌尖关进去

然后,把音符撒进
他因刈割咏叹而嘶哑的喉咙

那是我们为彼此诞生的词语
像海滨的葡萄园缀满清湛的
可以相赠的果实

——仅仅是不要轻易触碰
也是一件快乐的任务

借一江

更多沙岛来不及形成
就溃散。你误以为那是风,
千国城,湿的泥
昨天把我降温成沉默。

一条汊港该如何死亡?
当岸线停止向路人兜售风景。
有时候,我也生锈。

变成玻璃的早晨,水流颤动,
船头切进目光去向如斧头,
连同琐碎的桨声
劈。

嗓子极其安静的,
是那老河长,白云住在他身上。
他也有一个秘密的计划,比如

只在风波闪转时出现在浪的腹心，
并不过多留恋那本满是水痕的
巡河档案。

拉维尼山谷

关于爱的传说极其怪异
当它决定离开一切事物的时候
就成为一条任谁也没有提防过的消息

报告者就在隔壁,有时候
为了表演轻逸
他会混在几个有福分的孩子中间
从口袋掉落的声响,很快
又掉进老房子和尖嗓子

他的两只眼睛不通向彼此
把耳朵安顿好,又将清晨的暖意
与甜橘子汁彻底分开

我记得那个清晨
你玲珑的鼾声,飞进我的铃铛
就像神在庙堂般的空谷储满阳光

我们与阳光之间建立的
落在风暴里,也是一个磅礴而沉默的汉字
发音的介质,并非祈雨的歌者

所有字都想变成它
所有字都是为了变成它
有一天,其中一个偷偷来到响动的中心
才知道越是靠近
它越是要完成一场盛大的清场

音阶练习
——赠晓黎和不睡国诸友

有人在弹琴,但那不是音乐
没人绕得过去
凡倾听者,都成为无耳之人

我的十指跪向它的队列
因承载纯粹的重量而成为美

而美,在克扣它的地方
仍在邀请拭泪的手
在回声降至半音的年份
事件正得以汹涌如黑键起伏

把生命还原成一张空白曲谱的
那个下午,乐音的来意比晌午更加充分
听,有新婴儿释放哭声在隔壁……

我要教给他的是
让钢铁成为动词

洛浦雨前

棕榈树下,阳光吃掉
我刚刚脱笔的一行
你叼着烟,串通了
整个雨林未熟透的槟榔
同我溺食一碗植物的本意
轻轻挪我到柔软地带
蜃景外,花开的那个位置
轮到了我。和季节
同样变得次要的日出里
是比琴弦更接近铁器的
你的声音,偶尔颤栗
因此,我要挟持一对牛蛙
在洛浦的夜,用气势汹汹的交响
镇压雨前庞大已久的宁静

海心沙

没有一朵花,
比你手心里的我的手更加轻软。
轻软而知道握有一把嘈杂的掌纹。
不饱满的弧线再一次
迎接掌温。

黄花风铃木里,
喜欢的场景仅靠一个念头
就能诞生。
霞光亦是神的邀请,
供我们学习,与捧灯的侍者
一起缓慢地黑下去。

假寐时,你问起我出海经历。
海事不在无色纸上。
季风在前,潮汐在后,
中间是金美的脚印。

站立——
和这一秒相续的
是我们下一秒必须的移动。
没有更远的去处。

扁形鱼
——赠小琳

这时间里定有大美好。
但多数时候,我们:
溶进浓夜的两尾鱼。

夜为诗人量身建造了夜城,
供他们尽情走失。城外人
叫嚣着贫富、离别,和生死。
白闪闪的叹息,每一个城镇的早市。

所以,没有人需要这样奢侈的
应卯之事。尤其是你,
这美丽的信女!又不妨称你
非虚构里的扁形人物。
高于普照,高于一炬……
却低于不成文的隐痛。

（这片水域，又一次为我们直视了夕阳……）

潋滟，野趣，梅雨般的集体幻想，
男人的友谊总要依赖一些事物而发生。

（如鸬鹚听命于人工河上风的微咸……）

他们不知道的是，你我这两尾
红头小鱼，竟如何辨认了彼此。
共巢时，凭空生出燃烧的鳞，
生命——
因清凉的夜谈而永恒地
幻想了水。

所是

这就是世界
一个很多人的地方

我想是一小团百合便是
亲手画下个院子

腰肢和手掌,吻在一起了
——答案曾这样传递于你

香气和姓名,只能留下一个
为了魔法的,氧气的,飞船的

其实没有人注意叶子
叶子,谁会对它轻言一声厌倦

冬日书
——寄敬成

北方已经很冷了,
为了取暖,风见着袖口就钻。
冻疮从九十年代的指背蹈回来而手
正捡起童年最柔软的一块橡皮,
擦去弧口月牙儿如擦去太平洋一滴海战。
过天山,你撑起黑伞寻找漂白的脸,
攥紧一百匹马驹新鲜的勇敢。
走西口时月亮酿下葫芦酒正汇成
干净的河流——这河水有人常常喝到天亮。
在你决定抹去味觉之前,我打一只水蜜桃里
偷出桃园,轻叩门环像一次春天的救援。
达里诺尔将湖泥赶回灾年,磨亮蓝天
送回马背上一双眼,舒展我
像舒展一封雪白的家书,入过云后,
每个发烫的字雨都湿不透。

画廊主人

把家安在云上是质疑天堂的最好办法。
来路是无数面镜子,
没有名字的人会很快抵达。

含有太多雨水的时候,
镜子就被带往异乡。
取一滴放进爱人的耳廓里,
啄痛他。

贪梦的不止白墙,
弱音键大于胆量。
当面冲撞美,总好过
与美互相背叛。

流落画中的一只羔羊,
在你眼里,寻找童年的圆石头和爱抚。
井水将白云轻轻放下,
雨住,我们一起走近村庄。

对镜

> 因为此地是妆台，
> 不可有悲哀。
> ——废名

天上落，落，落水灾
抿一口梅花，直到寒与冷
彼此消殆。肥白的帘帐
欲与客衫，交换昼的欢愉
这屋里有我也有你自我的秩序

你说轻松的心，才能看见月亮
那清水模样。为什么
和半抹白云一起飞走？
留这皮相被注目成不设防的大鼓

你知道你走后礼貌地占有了每个器官的暴力
把时间也打扫成精致的灰尘

勺园晚餐
——赠奕雄

春天是一大碗西红柿蛋汤
肚子暖,表情更暖

道理很简单,离开树荫
黑与白,好食物
不能没有好色彩

我们坐在这里
看天空派往餐桌的云
晃晃这花影,这浪白

一万头乳虎的饥饿
也学会遵守秩序,瘦虾米
拨一拨外婆菜

借饮太多清水

并没有让我们更加清澈
我看到流涎的本能
在更深处,变换着实现

别着急,慢慢儿来
汤过三巡
也尝尝我青脆的蔬菜

春暖时,不宜着急离开饭桌
我们还要去明亮的食谱里
散散步

雨

雨没下透。
世界如此之大容不下一场雨。
每一场,都奋力排空我。
每一场,又都将我推倒在地。
人人都精通打伞而我无能。

雨的蓝被一只猫眼牵走,
顺给海。已没有年代
记得起,那年甲板上的事。
比海重的,只能是另一座海。
而海海相连,我在崖边
行乞,杀害会流泪的水鸟。
以雷暴,点燃皮肤下的黑藻。

回来吧,不做恋人我们只做朋友。
我发誓再谈起你时,我已不是那个
看雨看到失明的人。

捞刀河上
——给桉予

飞过你头顶的鸟
啄去了我身体里的病
金色的旋律
是阳光在河面种树

河水开流,我们就是满的
碧绿和羊群也团结着我们
学习温暖的母亲
在世界上纵身于生活

美丽的女孩们
多么美丽地爱着另一个人

那么,鱼儿呢?
寄居水中洄入一滴蓝天的安宁

沙岛

何惧爱我?
河流在入海口,又完成了
一个无悔的动作。
巨大的酒杯,摇晃着失温的深蓝。
我只舀半碗水。
这明媚,和它纵去的速度,
同样无法追回。
唯一可以握住的,是海的低音区。
还有比这更低的吗?少年人,
你放声的音量像个哑子:
"我无法再承诺办不到的事。"
时间让一座沙岛沉阔成沃土,
速朽的,只有你却步的肉身。
我,
是海浪悟出自己却逃不掉,
刚抵岸,就被再次拉回。

一双手

我喜欢着它,一双手
从不握马鞭的,没有它
疼痛,就是比梦
还接近真实的知觉

无限重复提起又放下的动作
循环本是多么绝望的惩罚
而它生出了茧——
一小块凝固的宽容

如果不仔细看,你看不出
那也是一块石头的安详
它站立的方式
就是形象一种沉默

那是它隐秘的愿望之一
另一个,是轻抚不识字的诗人

它摩挲皮肤的温和方式
先是掉落花瓣,后来飞出蝴蝶

它没有命,因此不会死亡
但它的确参与过生命这场战争
比如为我塑炼出一具盔甲
让我羞愧得近乎于
还未拥有任何战绩的兵卒

它爱着我,一双手
裹紧我,撕毁我
远处是一片正在生锈的钢丛
汉字若干,它为我写下
然后涂掉的那个
我便不用来搭建房子

泛舟一日

只是想把秘密带到湖上，
着地的双脚已攫不住
它跳脱的欲望。
跟着自己的倒影逃亡，却

划着倒桨。时日尚早，
岸边的八重樱，还未
开出火焰，焚烧不了
它水草般腥臊的气息。

密云的镶边精致得像它
最初的底细。在水波揉出的
响动中，一滴湖水轻轻摁住
它不知悔改的热情。

烈日和暴雨，都没有袭来。
泅渡，是一场自欺欺人的

停泊。等一朵游云也想歇歇脚,
就倚着心率不齐的桨声,

落湖而眠。并想起外婆
年轻时采菱角,晃坐于
木盆里,练习的那一种
平衡术。

辑二　空事情

一个定义

雨有地契。
降水过程类似于一场
皮肤的食疗。
新闻按时发出刺鼻气味，
区分着日期。

巧妙的爱人，曾在空白地带
让最简单的事物靠近，
让我扮演幼年的我。
暴雨里，我炎热。

安静旺盛，为我复述
幻灭：美好的事物残酷地消失。

空事情

离开时,版纳正陷入漫长的雨季。
香烟盒空了。一缕烟连上另一缕,
好像是讲了讲沉默以外的事情。
睡前,和友人交换昨夜的梦境。
这孤独的集中营。雨林的版图,
是榕树用情网编织绞杀。
活下来的,只有几树鸟鸣。
雨水绕膝。因为爱,我无法
说出得体的言语。习惯于
掏出嘴唇这心爱的手枪,
用孩童讲故事的语气,
对着从未进入的美,杀了进去。

寄黎士多

那火车没停。
黄昏于是传遍了整个草原。
黄昏小而静,而轻……我是说
一座湖泊。

十八岁,我的指缝,穿过湖水绵柔的快乐。
我学习早起,离家,在寂静处拐弯。
煮燕麦,用扭曲的寒风和文火。
一盎司的云,就够了。

后来,我爱恋过一位阉伶。
我的爱,有山、有水、有教堂,
有读者。萨斯奎汉纳河畔,
格里高利在嗫嚅中失传。

失传,不单单是一个人的事
是城池,壁钟以银针完成的隐忍。

有一次，它甚至谋划了一场休止。
而后，是深远的空茫，它依然是。

步伐在加快却足不出诗。而句号
划在奉上圣洁的那一夜。俗事。
废墟之于雨花石。

善意人，远方有什么，你就是什么：
雪白是你，辽阔是你，恬静的恒星是你。

一层霜，一封信，你带着多少水里的繁星
给我的下一场好运？排练，转身，
失败另一场被禁止的事情。

时间回到一八九四年，你看见同一张脸。
纺车前，干哑而牵出柔软的线，
做孩子的衣裳。

而雨衣呢？以亚麻、以丙烯？以
北方比鱼篓还无用的使命？

偶尔顶撞一滴雨：这天空的盲针！
派遣什么？来读我的心：

一拢光。耳语辉煌,辉煌永远为耳语
留一盏月亮。

唯一的铆钉。夜色空明。
泥淖,锁链,粮草……
还在燃烧着驴子温柔的心。
你耳语我耳语它
——星空之下,不必识字。

京郊,看黎士多在信的结尾写道:
"你对人的信任有时甚至太浓烈,
我虽然觉得好笑,但也曾被感染到。"

无凭语

不久后,我们练就了
对截然不同的事物
说出相似性:芹菜和琴。

当我们这样指认时,
春天绿极了。花和笑,
从更远方汇入远方。

晴峰朗朗。有月亮的晚上,
你同我,轻轻地念,
明净的唇会像涟漪一样散开。
还会有谁急于返乡?

歌唱,歌唱!
你和我在同一时代!

深处的动静

让我们拥有寂静。

我退回到困意,

学习稚气的书生

第一次使用"相思"。

但,绝不轻用。

雨笺

让今夜被清澈形容
有些清，是昨天滴下来的
捎来棉花几顷温顺
还负不起蜜饯的责任
青杏登枝——
甜美的败局还有很多次

那些河对你说诗
这是危险的而我
从未否认月亮的真相
是空悬而你
用寂静吹奏乌有形状
只因眉眼是我软盾

当春天被桃花注册
蝴蝶和色彩占据悠游

我们不妨和索云的碎浪

跳起同一支舞？

南下，把细雨遥递给轻舟

猫儿跳舞

小小的心脏,有时要跳舞
一颗踉踉跄跄,一颗凌波微步
深一脚,浅一脚,脚窝儿
把世界上的蔷薇园都标上记号

省着点我的俏容!
我也会把自己装进狮子里
啃掉我们踩出的月亮
春的道场,一定会豁免
一颗健美的心脏

这支舞大可翻来覆去地跳
直到跳成天空下的一场意外
跳吧,跳吧!捂住小溪的嘴巴
舞蹈时,不必动用谁的歌喉

我知道你还在等我安静下来

安静成你枕边的旧书……
再用鸟儿冲向云朵的姿势
邀约我！

当呼吸也变得拥堵
我们的胖身子才能变得苗条
苗条到比我们的羞怯
还要轻上个几斤！

异域情调论

富裕的祖国
到处向我陈述
崭新的门

我试过很多种方式
扔掉小小的体温
挤进一扇窗的单薄

窗外,永远有飞驰的典礼
该用哪一种雨声来描述耳语的轻
竹梆子一敲,其他小雨都睡着

冒犯过你影子的人
走着走着
地上总会多出一些

没有风把她吹到自己面前

出路

那天，在和平饭店门口，
我用浊气给烟的眼睛着色。
那光亮，相当于七个同谋者的金币。
整个时代，被掐成一声脆响，
哼着黄莺小曲你抚摸猎枪。

是爱怜在柔软我坚硬的无能……
甚至，轻握还没有发生。
山一样，握进去的手，
都会像灰鸟迷失了方向。

比起猎杀，你更善于给我的手指
打上死结。草木的灰烬，沉默
而安静，舒展"不抵抗的诚意"——
哪座灶膛能为我燃烧春天的脏衣？

又想起，你是个灶膛般肮脏

而温暖的人,于是我有点伤感。
空旷等价于墓园,干净的人间
唯有焚毁的力的斑斓建筑街市。
我是路障,裸露于枪声来临的雨天。

在阔达的手上,一根烟
不需要藏匿很多语言。语言:
应被健康的行人用来赞美阳光。
而我,这被金色太阳诱杀的人。

或许是在北边,一条名为
十二扇门的河,正慢慢带走我……
听说,扬州城外,文峰寺在招贤才,
要求是全然属于这个身体,
也许我会去一试,你说呢?

临终医院

说不了恨的人是有福的
入睡前,以天空的方式
看见一棵树

"倘若你此刻像树一样舞蹈,
那声音便不会公开死亡"

抽屉里沉静静的旷野
单数和复数的终身作业
诗人笔下不养活物:活物
只在记忆中可能起来

——为另一棵树
预报必将倾盆的悲与真

最后一夜,蹚水路到你面前
慢一些,肤色就会渐淡

被放进众人眼中示众
沉默,如一滴油斑

要为一棵树立案吗?
一棵、两棵,甚至更多……

"新娘"

那天,他捧上一枚戒指
——世界上最明亮的
一小块儿地方

只有大地,才会奉上比它
更璀璨的果实

她屏住呼吸,流淌的手臂
将无名指无限延长
这秘而不宣的一幕,让她自知
罪孽深重,却也相信
这是他为数不多的善举

故事是听来的
风,浮在湄公河之上

"新娘真漂亮!"

她对着曼听公园里
每一位珍贵的新人
送上一位异乡人的祝福

她比任何人都清楚
那个鱼吻一样轻的词
再不用
就会被这个春天连根删除

春，荷，海

我的生成是否映成你的异象？
他的动荡是否在对的现场？
众人又委身于什么名字之中？
是谁声称美需要律法来佐证？
我们比谁极尽汹涌之能事？
舷梯的漂浮周而复始为谁所不知？
腹稿遗失反锁了哪一腔语舱？
口舌收容的，是修辞的纵深还是水分？
羞愧于轻是否能供云朵降落？
或许在建筑时，我们早已决意空旷？
空于梦境：砍伐声并不构成斧头的余音。

在风里

我被迫说出冷的实情我在风里结冰。它放不下轻狂正如我放不下沉重分寸不存在的。掉在风里与掉在火里并无不同痛觉用来上贡。皮肤保存尚未成型的形状遗憾就在这时发生。我会继续做温柔的朋友。朋友如果沿着风一直走会不会在尽头的风口获救？人们不会再听说我们假使互相断送在无风的黄昏。失去偏旁的人眼底钨丝用一支香颂点燃是安宁寻找第一片扑在地上知错的雪。你倒退的呼吸是这场风的幼年空口失守被灌下美味的消失。

琴童

名字被丢得到处都是
他努力学习关闭叫声,打开自己
认下面孔和业绩

这一切不是诉说
只是为了度过一个晚上
一个不清楚气候的变化
一个说起孩子偶染小疾

没有一种心情形成
没有动作在体内发生
上身僵坏,目光焦灼,十指无端用力
"升 fa 其实就是降 sol",他默念

那一日世界终于只剩下两个人
一个发出雪的喊叫
一个无心细听

海沉木之身
——致黎士多和安格斯

山穷和水尽，不过是
风景用来重复的铁律。
你仍可从鸟鸣中判断
风景的长势，尽管那唳叫
可能出自虚空中的纸鸢。

阳光从容依旧，如那年
震落于暮春的垂柳。这时候，
没有词语该虚构一场烟雨：
虚空投射的焰火都是恐怖主义。
直到琴音停止，知情的泄密者
也难以辨认蝴蝶的更迭。

就在你黎明的前夜，十个断崖
一起向我递来深渊……
如果早一点……

我们的生活，不就是复制
婴儿最初那声啼哭的勇敢？

喉头大可抖动到陡峭，而海浪
一旦供你翻腾出一床阴沉木，
此生烂骨也作了隆重的琴身，
只待指法干净，拨回发丝般
攀援于琴声的乱弦。

雨林

那就说到这儿吧
当雨还是水的时候

在我的小狗带着活蹦乱跳的心
受制于一场春天的死亡时
我的雨静得和你一起了

那蓬勃的子弹,誓要熄灭
它从春天里叼走的颜色

有时,我忘记了赞美
忘记用雨林里能捕捉到的一切声音
赞美我的丈夫。他曾轻轻地
和我交谈生命的真相

白色的月亮,和他配合得多么好!
这样的夜,人们纷纷爬起来

探听彼此还在来不及着
什么样的一生

院门一开,对视过我的云就在那里
它轻轻地,将人类的愿望
揉进还没有长出泪水的眼睛

赤脚医生

每每,你腾出细胞里
宽阔的空气,吸收
我乱糟糟的淤血。西山
与北海,也交叠着领地。

一开始,偶尔有贩夫
和走卒,淋上我抖落的雨滴。
水仗剥开金戎装,剥不开
花篱口的袅娜心。你走进

我走不出的雨,你有你
澎湃的律令,踽踽,长鸣。
明天,我会以哪一种形状
醒在,你细细的水声里?

但水和水,总要回到
我失修的身体里去。凌晨

三点，我摸到大雪的
肌肤上，蠢蠢欲癌的

一颗血疣，你说，
那是太阳下，散发着
迷人腐味，最小
而磊落的红色山丘。

冰糖

有一瞬间
火里凉快极了

一朵等离子体
也已廿年有余

——没关系
在你碎下来的河里
染染青螺的皮

我并非有意潜至深处
打开大海小憩的暗涌

好在，它并非琥珀
从不克扣
一滴明亮。说我

是冰糖
一整条滚滚动脉
烫心的苦，都在
喊凉

小奏鸣曲

我用你形容柔软。
猎枪响了,桃花开了,
镜子把我放进玻璃里面,
比一朵花的热焰
还要亮些。

你的口哨还有电吗?
细屑的叮嘱,给予爱的肯定。
连呼吸也要团结。像石榴
轻握水,红着脸。

空了,空了。我先后
动用了嘴,糯米,和库劳的鹅毛笔,
掀动一只子规,炸出全部嘤咿。
无须更多静思,把你的脚
交给一程一程山。

桦皮舟欠下月亮的房子，
水湄的不要，小岛外的也不要。
莫非要……借着你被渡出的菩萨像
羽化成睡去的云絮？你听啊：
飞翔，这危险的语言！

隐喻不能使你更加柔软。
隐喻者是谁？随她们的便。
人且用着时间，我且爱你，
爱你念念有词，
爱你宝相庄严。

请柬

在你我都没有发出的请柬上
字,依然充满重量
那里的确有一个真实存在的词
但,它怎么念?

我知道它的笔画被书写得很好
对称,工整,甚至善良
彻夜软语把音色送到唇边
它也拒绝发出任何声响
我的口并不渴
尽管我总用笨拙形容它
可它也常常把词语变作短笛
在疲惫的夜晚,攒下许诺给清晨的
葡萄般结实而闪亮的颤音

音乐,我们这样称呼它
开口的过程,就是重新学习呼吸和喊叫

这样真好,我们得到了最接近雪的物质
饱含着水,和光的喧响
只在干净的空气中游走
——是的,它必须这样生存

它不为谋划出的什么所启示
它进入谁,就获得谁的意志
而寂静,获得了比寂静更隐秘的描述
我们也曾像两只小雀
清脆地交换旷野出现之前的
得意的心事,那便是童年
童年,就是未讲述的一切
直到最光彩的部分在我们体内
渐渐没了声息……而写下它
是否意味着开始享用一种衰老?

在干净的白纸上
我的手学习伸展出你的安宁
在放下一整串省略号之前
那封请柬,你我谁都没有发出
这一生小小的任务
就是借你的手,把一个深藏的词
放心地写上去,留在桌上

直到六月某个清晨
不知道是谁的,哪里传来的声音
轻轻将它念出,眼睛一热
它便成形为一小口清凉的水
永远含在我们口中

体认爱的时刻

镜子,彩虹,桃子,星星
把它们请进这一刻

晾晒在阳光下的身体
在低处与云同行
行囊里只有一个小匣子
小到只能放下你的丑样子
那也是翻飞的蜻蜓一种

有时风大
回收我清凉的行踪
这时候,我不需要家
花花绿绿的钥匙
传送的不是抵达

每晚重新发芽的露水
没有痕迹证明

也没有痕迹否定
只有芨芨草的绿耳朵在听

那个最好的字
正由果实丰盈
它的身体住满了四季

走吧,上山去
黎明还在频繁张罗着明亮
一生看起来是一份邀请

辑三　母亲河

回家日

今天,母亲在厨房
煮两个人的饭。
她的手,要淘出世界上
最清澈的米水。
不为别的。对于此外
大部分事,她的力气
已不再富庶。

三十年,她的爱
仍是一颗白得透亮的米饭。
颜色,早已从衣饰和发色
剥落。她就时常
在那座普通的房子里坐着,
就坐着。
等候着生命中仅存的事物
形成相片。

那一日，女儿打扮成冬天的样子
出现在眼前。她的世界
就比任何人多出了一天。
下个春天，
还能再挤出绿芽吗？

多美啊！在她眼里。
一群人带着必要的欲望，
反复靠近。反复酝酿
必要的虔诚，
苛刻这份上帝的礼物。

她沉默了表达。
捍卫过许多日子的手，
垂于两侧。橱柜旁，
一种即刻降落的沉重来自身体，
在她踮起脚时。

劳动节 2020
——写在父亲生日

起,落,转,停。
日头下,倾斜是一种禁忌。
他扶起钢筋的手,像扶起
一朵花。常新的旧匣,
牵引出空间的诗学。

救赎绶带勒紧脚手架上,
工龄提炼出的步率。
工友无序来去,如失去
磁场的信鸽,视他的指挥
为静物。男人们抽着烟屁,
蹲在塬上操心下一年的口粮,
就像三十岁那年的他,愁于
新生儿迟迟没有下落的乳牙。

而他松动的牙齿,被楼板的风

袭击，咬不住一口白云：
蓝天的壁挂，比神谕难得。
背脊津湿，刺眼的白日。
脚踵砖屑，等量于
砌入腿骨的砂浆。影子拓在
循环的冷墙。而汗味，

留给最亲近的人——桌上，
一只病斑的嘎啦苹果。
贴在防盗门的水电费单，
签下他用旧的名字：
"建"，要一笔一画地写，
仿佛勾勒出一副天设的命数。

明天，噼啪的电粒
会持续激溅出家的雏形。
那些人是否会和他小小的女儿
一样，拥有一生的幸福与安逸？
水泥冷却掉的中年爱情，
在三十年前的工程图纸上，
目睹一场失雪的冬季。而在

一个立春日，世界把明亮的婴儿

顺着渭河水淌给了他。秦岭的风
翻动字典,把上古丰茂的水草
掖进一个乳名。那乳名
断然长成春天的眼睛:
余光里的落日,正徐徐退场。
接下来的路,她要自己走完。

沿时间折返村口的路,
却走不到尽头。他一生
只有简朴的爱。一觉醒来,
几十年的寂静。到了夜晚,
就掏出捂在兜里的旧事
下酒。眼睛一热,
人间就有嚼不完的花生米。

——父亲,这双眼睛
何以从一个年轻的背影中
看到了你:寡言,紧闭,
以艰苦的作业,回应
一生中,那些从来没有
被问起的问题。

博物馆

去年冬天,他步行
去那家报刊亭买杂志。
有女儿的诗。

他带着一整颗心
走向那里。
强忍住骄傲。而诗中
歌唱的,是另一个城市。

渭城,街道日渐明亮。
他相信,那些人会和阳光一样
重新回来。尽管

餐桌的意义,已过于巨大
沙发,不再被踩成一朵云
镜子,用来复制冰冷
杯子轻颤很久,当他咳嗽一声

到处都是漫长的展品。
记忆，总在打哈欠时趁虚而入，
把他变成造访者。

如果世界从他那儿拿走了什么，
那一定是他给过更多。
而生活，是门渐次变成墙……

阳光和灰尘依然光顾，
漫步其间他感到幸福。
脚步，有时带着熟悉的回音，
仔细分辨，却什么也听不见。

野渡
——寄沈至

今天,让我着迷的,
不再是一只雪豹濒死时
冷静的品质。先于眼睛
而醒的,是耳朵,
为了多听一句茁壮的誓言
而自乐。多么羞愧!
一颗牙齿以最小的暴力,
咬碎语言这虚拟的肉:
诗——我们破败的样子。
这过程中并不缺少一匹狼
伺机的窥视。人们留恋的
是它的眼睛。即使后来,
文字在白纸上盘桓无色的爱。
升温,变革,迎风而战,
末了,被大火遣散。

假如你我同时也是纵火人,
诗的尽头,会是我们
拘谨又贫寒。

喜悦的海
——赠云喝酒群诸友

这一次,我们在夜晚出行
同一片天空下的疆场
喧哗着共同的坐骑

我们用力喊风
看一簇簇麦苗,像火苗
从被砍伐的空地长出
那些正在上演的事件,也长出
比酒色更加丰富的颜色

那些消失的颜色你怎么看?
如果春天结束得再慢一些
芍药也不会开得更结实
每一口过喉,就冲裂一根
心里的枯枝,伴随着
拒绝合唱的海水的门

如果海也有门
那一定需要我们在自己身上翻找
我记下一些海滨的蹄痕
它们给我形状,又在天亮之前
消隐得干净

于是我们把目光投向天空
我们的歌,也唱到天上去
等杯底和海底一样干透
就乘一片雪花入眠

火柴

首先,得是个奇异的名字
在葬礼上瞥见却不意外
从老艄公失散的地方话里传回
地地道道的,像耍赖

何况满城绿水浮动
倘若梦成,就爬上苦楝的垂枝
偷你的琴弦。丢掉吧我说
它们更习惯在闹铃上找到风

而你从体内取出一根银针
把我和月光别在一起
指尖因劳碌,把手势也省略

任凭光以火的方式
消化它未能熄灭的硕红的唇

打住！是时候

让虚空递来的三两张空白稿纸

委身一根最细的木头

湄公河号子

昨天开了桃花,今天雪还在下。
只有在这里,阳光不会
只出现在事件里。南国小镇,
尘土沾身时,我走满黄昏。

芭蕉叶上是夕阳的最后一桶金。
眼睛,因傣娘的眉,眸,唇
飞向窗外。渴望一夜乍富的人,
在这里醒来,会不会拥有
和我相似的空?

视线回到墙面,无论锐痛的
哪一种,都不会留给钉子。
即使在这挤满阳光的
傣族远村,还是一不小心
脚步就被迈向早年……

众花，绵延着细小的呼吸；
河流，永不湍急。
雨林、椰汁、红色胸衣，
在这里，神也没有学会读雪，
神只雕琢金色宫殿。
祂，命令众人歌唱——

"一番番春秋冬夏，
一场场酸甜苦辣……"

短暂的白日晌午，我听到船夫
用震颤的嗓音，和波光互相致意
在一个年代中需要这样的时刻：
嘴巴，不必滔滔不绝金色的词语，
这一生，不必叙述得太辉煌。

夏日

这就是为什么我喜欢在这片树林走
果实低垂而丰盈
允许鸟儿轻易抵达

人的抵达总是更轻易
当有人问,为什么不?
原谅我吧
我的卑怯和土门楣

并未
渡过离别如度过一场节日
最后我坚持
语气词盛大而语气平静

那个如湘绣一样秉承着
热烈秩序的身影
正走向海的另一面

在某几个年龄
该多么庄严地笑,和失联

卸掉眼泪后
身体也简陋了一些
不虚此行了

待零星细雨偷噬出
一个英格兰老人
我已早几年
成为另一个老人
已能就此事
咂味一颗橙色的果实

说起
我曾见过那样一个人
她在蝉声最密处闪耀如日

手术室外

门口有人蹲伏支颏
那姿势仿佛思想者
一分一秒脆得好像瓷器
泛着空空荡荡的惨白
大到流泪的祷告
小到私密的祝愿
都晃荡在瓶身里

有人用土地的手搓揉眉心
仿佛摩挲萎黄的苞米叶
有人吞咽一口浓茶
困难得像吞下鱼骨
女郎用闪钻的美甲抠划墙壁
仿佛必有他者，分担撕裂的焦灼
外貌彪悍的男人也会静坐如佛
练习忍术，与缄默

而那些还在青天白日下
挤来挤去的人类全部关系
最好的结局，不过是挤成
手术室外一个扁平的签名
在密密麻麻的医学用语里
躺成唯一的真实

苹果林

在纽约上州,苹果林
可以借十月的日历,
认出一些并不饥饿的手。

和野果比漾,它们显然
略逊一筹。阳光,每日为其
涂抹金身,品相却没有诱人到
动用兽夹,猎枪,和电网。

对谁的豪取都得应答,
还得陪上几罐天然果酱。
不拔节,背姿也安详。

故乡褪淡如霜色秘境,
爷爷两手空空,只为把果子
抚红,和货郎交换绸子和盐。

当然，腐烂在所难免。
谁说采摘的双手，比果肉
烂去得慢？谁在体内藏春，
谁就是速朽的人。摇几摇，

轻如羽毛，它掉。
晴空下，阳关点燃自己的手，
一声脆响，开始并结束
世界上最小的心跳。

玻璃弹珠少年
——赠曹僧

记忆中的红衣少年手心一拢绿
打坐,贪玩,银杏树下撞闪电
赠我一颗禅机有五谷滋味
喏,虎牙说还要很久才嚼完

管他白纸黑字黑纸白字
不过是成群汉字仰面贴地
呼吸哟,逃出去
把色彩死在上世纪的 ppt

你掏出一本霍乱时期
不料,我的命运竟有五个乳名
查字典,不如烧了可好?
留下五魁首五连鞭五禽戏

怎么回事,怎么危险

也打着迷人的手势
你笑，雪花就笑
小猎豹的菩萨心也在笑

笑出一拢小火苗啊烧
烧出玻璃弹珠一盏盏暖着淤血
随身携带脆亮滚向乱世纪蓝天
撞碎了雨而彩虹乍现

迷园

> 永恒的女性,引领我们飞升。
> ——《浮士德》

所有盛大的平静,都在这里
——她必然有合适的位置。

在薄地,花的褶皱不深
不浅,像新母亲丛生的妊娠。
黑蝴蝶和白玉兰,拒绝
被提炼出红。你已生在水中,
无需被色彩布局。

青草的眼睛,不是一定要
找出,那叫蜜的东西。
也并非一定要燃烧,是霜果
就不希求于一把火的拯救。

透过落日盈满的热力，
风，从地底，慷慨举起
红泥温暖过的新枝。黎明前，
一定有某种震悚银河般倾泻。

当雨声出现，我们料想
一场尽头：那未来的信物
究竟是硕果，还是败果？

没有人知道一座迷园独自拥有风雨。
与天空不同，它把风雨读作飞升。

告别的书写

在你看不见的地方,
我把心里装满了明亮的感谢。
我用更加明亮的语言,
教孩子们写诗。告诉他们
要让手忘记"灵魂、痛苦、
死亡"的笔画。它们

曾布下迷宫,邀请我
加入没有出口的游戏。
有人恰好经过。现在,
我爱着金橙的光泽。
把阳光放在桌子上,
就是我全部的劳作。

剩下的,就是让手学会掬水。
低头,也可以对视星辰。
再任由它们,潜逃至

十个冬天的雪,去抚摸
另一片夜空。

如果有一天,光屁股的孩子
也学会写诗,所有明亮
都会被释放,唇间
每一声谢谢,都将替代我
重提你的名字。

火柴花园

空荡荡的空气，
颤出回忆的空绳索。
燃，燃尽——
仅为摩擦后的长音
大于寂静。前番灯火
乱撞，睡梦中的眼睛：
入侵我，以暴露我。
一根火柴，也想成为灯芯：
形体稳健如长城，
提着，雨夜的明亮。
红磷发烫，如盲少女的
红舌，引得她抽身端坐，
把盛大的夜，咬出
一焰绚丽缺口。在
速朽花园，练习话别
一朵朵残余的热烈。

家宴

不过是一些人原地不动
另一些人用一场谈话
重新决定生活的角色和道具

使用它们,是否意味着祝福?
最后一次餐桌前的记忆
逐渐把那里,复原成神龛
和殿堂

在租赁的阳台,忽然想到
被丢掉的生活,那身姿
如此健康。安详的女儿
在席间,端坐成和他们
血脉相连的蜡像

这座城市的落地窗

能把好几个落日带回中国
每一扇,都灿烂成一幅
金碧辉煌的风俗画

母亲河

女人的身体
一生
可产 400 颗卵子

生命开始于
被狂暴地占有
世界交给她的第一颗果实

天黑透了
饥饿就变得险恶
揣着毒饵的人
鱼贯而至
渡河

一点点暗下去的河水
像不像
一点点暗下去的一生?

——谁是另一个我?

——另一个我载着谁?

——谁在我体内?

这物种的本能竟无法被荒废!

果实丧尽

才变得轻盈……

在古老的方言里

"船"和"床"共享一个读音

圣诞夜
——寄彻之

> 人类获有四件不利于航海的东西：
> 锚、舵、桨，以及对下沉的恐惧。
> ——安东尼奥·马查多

是夜，诗人们仍排着队出生，
骄傲，高雅地交谈而不被重视。
欠欠身，秘密如秽物
试着我们年轻的喉咙。

起笔，便遁入断电的抽屉，
安全隐患不及徒手发明萤火的窃喜。
最先被点燃是页码失序而轻薄，
蝴蝶释放暖风里的变形。

你抱怨那些被编辑生生掐去的：

根据律法，文字一旦降生，
户口就得归属国家——你和我
都还没有夺回抚养权的勇气。

我想起乡下的姊姊，
日子如粗布床单糙涩而扎实，
逢不逢阳光都明媚，完整
始于四十年的真实。

此际，罗瓦涅米，云和鱼，
水流轻颤出镀亮的谣曲。
河边有倒影失去下沉的恐惧——
诗人眼里的圆月是时间以外的诞生。

辑四　云中谁寄

豢猫人

她即将拥有第四只猫，
一只叫做金渐层的名贵品种。
手艺糖炒栗子般得到滋养，
囫囵的工序没人看得到，
却让她感到无限充盈。

新砂埋旧砂，日日翻新。
她看到了盘中餐
亲手喂养的残渣，
正如人间被过滤出的
许多事情。

而她的所爱都闭口不谈，
并遗传了随时饥饿的本领。
胃口空虚得理所当然，
与生涩的耻骨，对饮。

她想到时令的庄园,
荡漾的荒漠,那儿
水源要靠鼻尖的探测,
命运,时刻被叼在嘴里。

窗子就开在墙上,
它们大可结队出逃。
集体的云游,是古典的设色。
以豢养的自欺,换取
窜逃人间的权利。

云中谁寄

三月，山谷如花篮。
云中的名字，在京，
飞，飞，
宝剑的胆量飞她到山顶。

满城重逢，比马蹄还幻听。
这美丽的时间也是露天的。
什么都在老去，山的阴面，
雪老得更轻。

那晚你和我说了很久，我轻轻地
得到你的宽容，它比世界上
最温柔的诗还有份量。
你开口，新世界的喧响。

二月末，你将三月的歧途带给我。
我手捧露水和闪电，脸颊

溅起一只蝴蝶。望远，
和烟老，熄灭。

好人儿浑不觉，三月的
好紫荆，已忘记羞愧和凋零。
那么好的，还有月亮，许我
把星星在湖水里牧放，收容

比夜雨还充沛的低音
有时是空庙，有时是凉云。
好人儿，稍稍南移，今天
你想不想听听山脚下的事情？

5月18日

已无记忆。
手中,是他曾握过的笔。
退回去,窥见一个时辰的判决与私密。
蚯蚓半截身子照样活着,海正在变轻。
与此相对的,是淤雾中
安祥的浮梯,邀请黎明登上去。
我甚至,也曾是那雾的一部分,
努力遮蔽,把锈词摆设出完美场景。
但必须有人把锈词带走。
没人知道,自那日起,
一双手委身于笔壁的余温,
书写自相奴役的方块字,或墓志铭。

味道勇士

我无法合拢我的味道
青,是一件亵衣
缀满利刃之光——
口沫滚落,虫豸退散

甜癣长于骗术。别客气
我会用指甲帮你抠破
春泥里伸出的甘
正在春泥里腐烂

蹙眉,剔削廉价笑面
变形的嘴用舌尖咬钩
上锁舌肉漫开的颤软
眼缝里,掉落几枚花瓣

淌绿河过来。我在对岸

定会修补，你夜航的船

和味蕾里缺失的，一颗青杏

细如针尖儿的酸

立秋

那日北上,我带走了
七个纬度的雨。蓄满海拔
如被你刻意抬高的语域
一路上,删去辞海里的海,
抖落页心碎掉的浮热,
集齐入秋所需的霜粒。
你我谁都没有看到荷的衰老,
是谁同意这样的发生?
而事情到了荷花那里,
就变成芋头的轰鸣。
一个信号安详邀请你猛然前来,
验明一个正身:但也只能
交出一半身体,它已明亮
如奔跑的光引发剂。
剩下的一半塞回低音区,
以回应漏夜的合唱。颠簸如
失修的独弦琴冲撞空气围墙。

禁令

不许我盗用锻造好的成语
不许我迷恋不健康的抒情
不许我在应该可爱的时辰用力狡辩
不许三五成群的思念琢痛我的眼睛

不许我从眼下提取出远方
不许我积攒匆匆降落的雪粒
不许我用这雪粒兑换断裂的春天
不许我的苦楝树等不到蜻蜓就决定封笔

不许我在日光下做月光的囚徒
不许我把每支曲子都唱作乌夜啼
不许我因多骨的人事而选择虚无
不许我用犹豫的针迹缝制流血的亵衣

不许我扮演酒桌上的成年人
不许我质询你扮演时的神秘

不许我在黑压压的月台站成顾孤悬的群像
不许我在末班车的风把你和星星带走时
完成一场泪水完整的别离

诚实的雨

雨下就下了
它比我们诚实

是谁的召唤不得而知
它像一头再也拴不住的牲口
提着自己的身世,只认准
一个方向

不为解救枯死的植物
不为清洗信奉的容颜
只不过无意间
使石头发亮,使墙壁阴湿

当写诗的人,还在为动词
编造不及物的借口
它已不需要谁为它打掩护
不需要谁,替它讲述寒冷

它只需要，我们把窗子开到最大
或者，忘记雨伞的发明
在大块砸下的信念中
和地壳一起被晃动

它操着沙哑的嗓子
一心一意把自己交出去
溅了人间一身水
而春天仍在沉睡

下就下了，它比我诚实
三个小时，一场雨
在世界上消失

词诱

只要十步
就能回到空空的俗念
近了来又远了去

单单"空"这个字
就已削弱了"俗"的力量

强悍的少女和枯瘦的老妇
总与"美""满"纠缠
在身体找到寒冷之前
在语言找到善言者之前

醒不来

夜幕黑
黑得像黑名单
你中有我我中有你
游出天空迷魂阵
绿云翡翠碎琉璃

银河暗
暗像光的漏网之鱼
钻石星球耗不尽闪亮
刺向逆风瞳仁如急雨

嘿,小王子,抬起头
停下锻打地平线的手
我指给你另一番天地
宇宙空旷只剩下你我
真空无氧生不出悔意

拿走苔湿的拖鞋
捂住鸡鸣的噪音
从梦里淌出来的泪
也想再淌回去

偏方

她的喉咙开始肿痛,
这一贯是发烧的前兆。
一阵暗喜。迫不及待
她分享这一消息,给她的

死穴。漫漶的修辞术
搅拌着,名义上的眼泪,
她铺述起千里之外一场
不存在的恶疾。

她比任何一株植物,都更渴望
憔悴的脸色。健康的身姿
炸不开,他不着急透露的花汛。
最终他扔来一句话,隔着
得体的围墙。在这个

农历一月的早上,

她试图发动一阵疗愈的春雨，
试图让一双，生性寒凉的手，
开出性情温热的偏方。

地铁与春天

古城的地名在这里像一些药剂
大于词汇,而小于归宿
被安置其中的你我,相拥时
似乎没有野心将它们一一念出

四月,食草天性被你牧羊的手掌
释放。我只想靠你紧一点再紧一点
直到一河的重量,托于你之上

在行人走倦的起身中,我衔着铃铛
抵达春天的山顶。芽尖绵延
恋人的嘴唇,小兽般湿润

我不轻易说话。我的爱人
说话前先吻我:再慢一些就好了
河风还在搀扶我体内的云朵

而春天的秩序是,每当我
贴紧爱人的胸膛,爱人他便
挺拔成一株大树在午后的庭院
顷刻间,已为我摇落满身枯叶

小小火车

睡吧,终点还要一阵子
驶过定边时,旱码头亮出
风的锋芒,白石头在车窗外
正忙着发芽的事

你离开后,小羊生了闷气
它们听说,你想长出优雅的翅膀
像瘦田里的油菜花,贪心地
多长一寸是一寸

十多年来,每一寸都被标上了页码
落款的:有童子,有书生,有屠家
而大多数至今无人辨识,至于
念不念讨白,是另一回事

睡吧,冬天还要一阵子
在接到停止的命令前

爱你的念头,是祖母种下的
第一粒芸豆:冒出的那一日
已不需要春天的哨音从天空降落

震中

就是那一次
我们顺着故事里门打开的声音
走过最难的一页
一缕烟的重量,半合在上面

可能的表情,是外相
是舍弃了任何方向的触及
找回原本就失缺的东西
近似于在雪意里销毁雪

这心愿
你不说,我就不多打听
更多面庞正空有你的年轻

你一再绕道
当四周传来地震和爱的消息
如成功绕过铁网和毒饵

又挤不进某扇未知的门

原地不动的孩子我已为你找来
请你也目睹一次他忠勇的眼睛

忠告已经生效

那是什么湖,什么海?
翻过这座白色床单
有几种可能

其中的一种
是雅居在一个孩子的吻离开皮肤时的温度
为了砌成和它一样温暖的盛夏的湖
天堂的细节在流水中起风

"阿卡迪亚我亦在"*

除了女人,世界上还有坟和我
脚下有些空的时候
不担心没有悬崖

---

* 阿卡迪亚我亦在(ET IN ARCADIA EGO):拉丁文,原文全字母大写强调。这句拉丁谚语通常被理解为死亡的宣告:"即使在世外桃源阿卡迪亚,我(死亡)也是存在的。

"从这里掉下去的,只有眼睛吗?"

而终于只是静静坐下
豢养一群从未替它们说出真相的字
居住过我们的梦
也从未指认我们在场

听泪

一颗,两颗
像松动的螺丝
嘭地,被扔在
二十岁的脚背

谁也不能把它安回去
夜寒凉,而它
是有体温的遗物

滩头的老艄公
船舷漏出的
也是无用的江水

那江水推门而入
和干净的脸,争夺
一场暴雨的所有权
哦,你是说

让它继续沸腾

那么,你听过
熟透的兰花在午夜
掉落地板的声音吗?
很美,很轻。就像

几十年后,失神于
一个睡梦中的你
听见少女掉落心脏

在愚人节

在谎言面前我一直捧着碗。
唯一一次开口的机会
留给了,还未长出
蛇芯子的嘴巴。

在无数个今天之外,
谎言滑溜溜地诞生
——人间道场这
从未闪失的祭品,
仿佛面孔纯良的河鱼。

而我想把自己撞碎在
未经打磨过的
一个谎上。
在分崩前的一秒
点燃自己的黑发,

让棒冰般的镜面照出我
已不被需要的
那部分人形。

慕尼黑来电

这时,让人惊奇的事发生了
一通电话认领我
像认领一个遗址

——亲爱的,在向你确认
是否还有"别处"前
快告诉我,今天的慕尼黑
是什么样的好天气?

教堂在山的那边
须由星星引路,而
我们的玻璃徒有艳丽,以至于
每个人不得不习得修补色彩

报纸不为震撼我们而付印
煞有介事的句号
像不像,一个个

脏肚脐

没有城门的地方
皮肤之间就不必隔着浅云
在那里,我们热吻、拥抱
像一束束阳光得意地站立在大地

随手放飞一句话像放飞一只风筝时
天空不会突然空旷

梅的雨

海鞭打地。一望无际的雨。
皮肤被砸得满是缺口
每一滴,都可以渗进来。

南国的风将我灌满,
我在雨中慢慢腐烂。
雨下多久云就哭多久,
我替它想起鲜花,
曼谷,和自由。

倒影从水里伸出手
替我锻打一副硬心肠。
还没来得及淬火,
锈蚀的焊渣
已同雨一起落下。

写诗的女人,

一生被锁在雨里。
她只在想象中,抵达过
那不入梅的北方。

新生

凌晨两点,
友人递来一则消息。

夜这么静,想必鸟群
已备好新一天的尖叫。
再老一些,
我就能把五官摆好。

咽气前那个黄昏,
花的视网膜
早被下血的夕阳烫伤。
恍如五月一个清晨,
你命我守住抖动的泪。

几回,学会用燃水洗浴?
治疗耳鸣,眼疾,和失语。

就来场雪吧。
让悬浮的解药砸中我的脚。
一粒粒,都是这些年
我因你舍弃的好词。

辑五 昆明酒馆

昆明酒馆

像婴儿吮吸拇指一样,
你吮吸苦涩。却只递给我
一筐亲手栽种的桃子:
发酵是一种选择
——可我不是酒,
我像清水一样容易被看透。

而你缓缓被酒精拆解,
轻轻剥开,灵赐的
啤酒的婴孩。却又不得不
把稍后的自己重新拼起,
拼成一个刚劲有力的名字。

我们聊到了脾气,
炊烟,和未来的诗。
好了我们也该谈谈正事。

——理想,
它如啤酒花升腾翻滚,
我们相背游向各自的海岸,
在远离彼此的寒流学习取暖。

皮带松弛的酒客正被招安,
谁不想做伊壁鸠鲁
一夜的乐手?
拨浪鼓也耽于出逃的合奏。

而我们是乐谱中
被算计的部分。
时间和空间,
这伟大的二元对立项
只由得我们选择其一,
共同在场。

你独自走出昆明的酒馆,
并确定,没有碎片被落下;
我熄掉沪上啤酒色的灯光,
并确信,在稍后的梦里
我会路过更多相依为命的人。

毒

你会允许我戒掉你吗？
当糖果替代药水，成为夜的舌尖，
哑弄的滋味。口腹之欲的出口，
有你预设的关卡。天色将晚，
我越是急于动用潦草的口吻，
就越废弃在活色生香的迷阵。

蒲公英入眠，燃烧的脸。
我们躲进缀满幻象的桃花坞，
褪去精美的身份和矫饰。
你的呼吸，欢脱如漏网的鱼，
我的心偶尔也跟着翻动一下，
清白得像翻动一张纸。

整个夜晚被我们用来捕捉结尾，
探测并复刻彼此的心电图。
而我的何以像藤蔓，纵横到

你临江的窗楣?江水也远道而来,
为我们献上此生之外的轮回。

坞外,世事正快速更迭:
悼词衍生,遁词消逝。
我们需要向被谈论着的事物致敬,
尽管对我们,它们尚不构成威胁。
二月仍是见面的好日子,我深知。

——但如果,如果不能如期相爱,
就让我侧身,将一颗哑嗓
悬置。趁惯性还未坐实,
以年迈的罐头避世。
至少,就能在春天的晚上
戒掉你的诗。

橘肉

夏天从一团半腐的橘肉开始
暖金色的光，缓缓注视着
我并不惊怯的另一半

妇产医院不被睥睨的楼梯间
管道上鲜红地写着"雨水"
是雨把雨水留了下来
现在，请让我过去

这土地从没有被水闲置
更何况借的都得归还
于是你看到她每天升起在落日楼头的黄昏

而我与他们，谈起美
我们谈起了美：
"但你的美冲破了我的防线"

后来音乐也停止进入
那些人陈旧,或
在被继承的干渴里认出水的灼烧
而叹息手中的风味并非最佳

荔枝

太阳失足跌下山坳的那刻,
世界以一粒果实为中心,
重获了明静。

不说白蒲,也不说西岭,
一颗透亮的明珠,
开阔相迎。为此,
我的手心也更加茁壮。

把白影褪给牙齿软软的一跤。
顺着这条路,宁愿憨等
一片薄雪,一双
总是安静放下水杯的洗净的手。

明天也是个好日子。
太阳照我,井水空明。

小手也干净一次，
向你，索要一颗
零下一度的清凉意。

人儿她

人儿她,生来就知道
自己是饱满的敌人:
脆如一片海苔,
那么轻易,就消融在
他的舌苔——呔!
开口说话,白雾在风之外。
车子飞速疾驰,撞到
一朵花。草浪滔滔,
每种绿都是一样祭品。
在年轻的百草园,雨
是液态火焰。灰烬
中央,她经营着一家
浓妆艳抹的纸花店。

单行道

你几乎和海鸟同时出现
在高大的碧蓝中,静穆
如远方降临
我们该有一片花园——
天命,因无意义的繁衍而簇放
半开的时间,如我
薄瓷般生,而盈盈

金黄的那部分,仍扮作聋哑人?
四十年奔跑的心跳又升高两寸
你说喜欢的诗都有"永远"二字
因无效的可能性而心动
又继续走,帝王般地
带领海水走入落日永不返回

危险的裁缝

连布匹自己,都比我清楚
它被丈量了几个来回
四米还是五米,怎么也数不清
推翻,否定,再从头量起

一旦恍惚和犹疑
就丧失了缝纫术的灵力
我变成了一个坏裁缝
罪魁祸首,是你

案台上险象环生,它们不像你
可以容忍我的小慌乱,和小粗心
那一根根银针、铜丝、铁钳
咬人的机针,尖利的锥子
冰冷的剪刀,滚烫的蒸汽
一个不小心,谁都有可能
要了我的小命

罐头

我,是我的遗址。
掘墓人揣着嘴,消失。
噙于舌尖的饿,看我携带
陡峭。瓮中人,也会摔倒。
果然迷人,新摘的桃:
它途,是末日食材。
不掺冷暖,浸闷在
一罐,立秋的鲜雪。
轻些、再轻些,你吞并
柴垛的手脚,让火痕
将八月撕裂。在早年
生活过的屋子一间,
我,昏瞎数年。但,
会鲜艳。

日常排列
——给桉予

并没有每日准时打扫灰尘
也没有质问灰尘如何下落
门楼之上,拨开它们
看到比我们更粉嫩的身子
没有一颗灰尘在热风里看到昨夜的你我
今日,被灰尘欢快着,硬是送进了生活
——像不像你我都见过的,它的猎物

偷花贼

五十五岁。四月的江南
是她犯案的现场。
恋花的女儿,垄断了
她全部视线。

木香在路边,疯长成
一个当下果断的念头。
脸色苍白,肉心发烫。
闪着镰刀光的指甲
掐住一朵花的脖子。

这是她一生里
唯一一次盗窃。
而盗窃的羞耻并未抵达。
美德主动悬置,
用以共谋灵长类母体
来路不明的温情。

蓝天不发一言。
无限地包容
一个激情初犯的母亲。
并在绝对的制空权里，
目睹逃窜的油门
打败了追诉时效。

内江消息
——寄致水

许多人在雨里见过我们
以伟岸的身姿
没有叩击也能感觉到
那清理声音的凉齿篦

流水拍岸,一只眼灯火通明
你是鱼鹰。但你不飞
矮屋里,有我坐下
用安静和速度,读取
一个不杀生的梦境

我摘下瓷瓶上的裂痕
把破碎当成很小的动作
一个更小而局促的影子
惊喜地将我辨认

天还没有亮
地上陈列的，也是一种完整
直到他们吝啬起乡音
眼神的降临才被我们久久注视

每一年，危险都从寂静开始
裂痕也难逃被展览的现身
再次掷地时，我猜想
人将以沉默为目的有声地贪恋

解:

你批发睡莲
我提交梦境

我织四经绞罗吹雪衫
你立四大皆空罗马领

你勒令夜来香夜里无香
迎春花春来不迎

我不再代入 sin 和 cos
绊脚的公式,微分的你

你量贩鸽性很大的承诺
量产我十蛇皮袋的快乐

用发霉的理论浸泡我
信男是你,吃素是我

我笑了。

门打开了：

一日不见兮，

我学会了用刀。

刀雨水，刀回音，刀目光。

一分为二，二四得八，八仙过海。

操在前之下，

回到衣之旁，

从契里抠出来，

驾在解的肩上。

雪下满的时候

雪下满的时候
你用一通电话
凝固了我的泪痕

今天,整座城的幸福
都被雪压着。仿佛躺在
一张巨大的手术台,等待

这里的雪声你虽熟悉
我却不能挂掉电话
我得用它补办你的在场

看,这就是我们
一生的颜色

近景中

——寄小乐

镜头拉远,海原来可以这么
小,玻璃杯两只,耐朽于
桌面相同的位置

海的慈悲,就是你的慈悲
在鱼和脚横穿前,就学会
用惦念轻侮不归人

等空杯盛满第一万粒雨
海水就是最肿涨的暴力

至于慈悲,我说
醒醒,春天挂满一身灿烂时
已惊动满山刀具

坏小孩

已经不想和你谈些什么，
因为你，我无法将世界
分成两级。耍起赖时，
风景静悄悄。要成为风景，
就要接受短暂的宿命。
宿命，姑娘脸上已没有眼睛。

在遥远的地方你观察她，
你：放下武器！
对一朵乌云，它也只是
给草原寄去雨水。
太多渴死的马匹，
谁来给你送信？

碎纸机的胃里，
积满化不掉的雪。雪化了，
我就会重新出生。而你

——好日子,坏日子,
尽管去爱,或去破坏,
我无法要求更多,
你也只是一个不伟大的
人类小孩。

红鳟鱼

江水摆脱你,像摆脱
一个故事。朝上的脊背
是雨后山峦,但更像是
造物者的诅咒——

再也升不起,偏西的太阳。
厨娘,已在用一溅月光,
磨洗刀子。

九圩港的清水,含住了
所有逃逸的事物。而你
一开一合的嘴,却咬不住
任何一种突围的可能。

一场可煨可烧的命运,
早已布下在,因挣扎
而愈加鲜嫩的肉质之前,

伙同那厮,蒸了女人
一生的馒头,去抓
他浪荡的胃。

(而我,要和你奋力地团结起来
在晚宴中,卡住他的喉咙)

立冬后七日

天儿好的时候,
我还是会伸出小手。
等一块完整的阳光
躺上来。

前面就是西什库,
"这里每天都有人复活。"
亲爱的父说。
很快,河水也会躺成
一堵堵玻璃,关着
赤脚寻找遗物的人。

我走了多远,我走了半年。
从背后看,一具叹号,
空壳灌满一千场仪典的唢呐。

六月果实

他总是将世界上
另一些地方的光亮
塞满我的冰箱
——大地的表面多么辉煌

口齿间流转着光阴,香气
还有方言的时候
我和他互相热爱

果子在枝头
互相热爱的时候
也在烈日下
等待干渴的路人
讨口水喝

果子晃在空中
从不轻易落下

每一颗,都能找到
愿意为它洗澡的
云层中的一朵

他也和果实一样
信守着农历
把爱结成饱满的姿态
等你采摘,圆溜溜的
他的眼睛,也亮得出水

六月,我的心
和果实一样结实
在风里,一动不动
仿佛少年时在乡间小路上
被他紧抱在怀里的课本

和你散步在动物园

这阵子,我常怀念
在你身边时体内的活性成分
好比那天在动物园
走在我们前面,那群刚放学的
哗啦啦的小家伙

那样的事,只在周日发生
云朵美得像突然出现的天鹅
长颈鹿耷下总在月亮上小憩的耳朵
串起胖河马的鼾声。赤猴三百
就属你指给我的那只最卖命
同伴背上的虱子,每一颗
都是发光的舍利子

而你,这只亲切的大家伙
一不注意就把我的笑扔到天上
我那一连串的小动作

哪一个,让你束手无策盯紧了我?
别轻易喊停!大草原上的非洲狮
要是停止好端端的冒险
就只剩下一团金色的睡眠

那样的事,只在周日发生
剩下的六天,我写小诗
一蹄一蹄,写满空空的蜜袋
关押这些亮堂堂又赤裸裸的
危险的快乐

冬鸟

整个冬天的冰压在趾上
双脚通红,与体内的冷相连
挣扎着升腾像在冰面觅食的鸟
——你会以二十岁的死亡定格我的眼神吗?

城市里,街灯仍替下坠的人招摇
道路只有在这时才不弯曲
你不喜欢弯曲,我知道
在草原,风不会搧打迷路的鸟

或许,地平线不存在正反
从那里消失的就会从那里回来
只要我倚着门框,看

如果你仍选择不日启动冬眠
就在我常常绕行的湖

躺平身子,一如镜面

当你与天空交换自己时

我与你交换我